大上さん、
だだ漏れ
です。
oogamisan, dadamore desu.
吉田丸悠
Yu Yoshidamaru
5

(contents)

第22話 母のひとみは10000ボルト

進路希望調査

あれ

まだ進路調査票書いてなかったの？
うん…まだ1年生だし全然考えてなかった
つっても11月だしね

来年のクラス分けもあるし…
根津さんは？
魔法少女になる
嘘だよね？
嘘です

とりあえず近場の国立大行けるように勉強がんばろうかなって
学部はまだ決めてないけど

やりたい事がはっきりしてればいいんだけど

そうでなければ選択肢広いほうがいいしね
ほー…

で
大上さんは？
うーん…
絵は好きだけど
食べてゆくのは
難しそうだし
他に好きと言えば
日本映画だけど
撮りたいわけ
じゃないいし
かと言って
国立大目指せるほど
学力に自信ないし
そこは
がんばろうよ！
あと三年
あるよ!!

柳沼くんは
どうなんだろうね？

農学部に
進みたい

って
野菜とか花とか
作るところ？
ああ
将来は
農業関係の仕事に
就きたいんだ
もともと
植物は好きだし
人との接触も
少ないだろうし

何より厚着が
基本だから
完全装備
なるほど

近くに適した
学校がないので
県外で
ひとり暮らし
しなければならない

ちゃんと
考えてるんだなあ
しかし

そうなれば
遊びに来ないか

ごめんねー

終電なくなった
からって
泊めてもらって
いや

それより
わかってるん
だろう?

僕の部屋に
来たという事は

今夜は
寝かせない
よ…？
いいねえ
ひとり暮らし!!
応援する!!
うん

しかし…
シーン！

あらあら
かわいい子
連れて！

ばーちゃん
えっ!?

この子がこの前うちに来た芽衣子ちゃん?
まーまー肉付きのいい!
おお世話になってます!

こちらこそ孫と仲良くしてもらっちゃって!

よかったら寄ってかない?夕飯食べてきな
いいえそんな…

遠慮しない遠慮しない家には言っとくから!
あもしもし今ねえ…

ただいまー
あれー
いないの？
お
おじゃまします

はっ
柳沼くんの
お母さんって
未来の
姑に
あたるんじゃ

どうしよう
なんて
冷たい目でも
されたら…！
あなたが
慎一郎の彼女？
どこの豚かと
思ったわ

失礼のないよう
失礼のないよう…
ガラッ

クルックー!
クルックー!
鳩!
鳩!!
落ち着いて

お母さん

ごめんなさいね
驚かせちゃった?
母の
万里子です!

笑いを取って
打ち解けようと
思ったんだけど
お恥ずかしいわぁ
センスがない
ものだから
馬のほうが
よかったかしら?
は
はあ…

いつも慎一郎がご迷惑をかけて
い
いえいいえ！
こんな体質だけど優しい子で
あなたみたいな彼女もできて…

これからもよろしくお願いします
こちらこそ！

本当によろしくお願いしますね？
は
はい！

カリアァ
本当に…本当にいい子なんです！
またご迷惑かけるとは思いますが何卒ご理解いただけますよう…！
だ大丈夫！大丈夫ですから！
夕飯までゆっくりしてきなー

あらお夕飯食べてくの？お義母さん伊万里焼のお皿どこですか？
結構です！
想像とは違うけど
歓迎されてるみたいでよかった…！

進路の話をしよう
姉さんが使っていた大学案内がある
大学案内
おおー
お姉さんもひとり暮らし？
いや実家通い
受かれば

「メシが出てくる生活に勝るものはない」らしい
そっか…

ジャアアアア
きゃー お義母さん 火が！ 火が！
水入れんなって言ったろ!?

お母さん その… 個性的な人だね…
ああ

特異体質ではないのだが
僕と同じで人との距離がつかめない

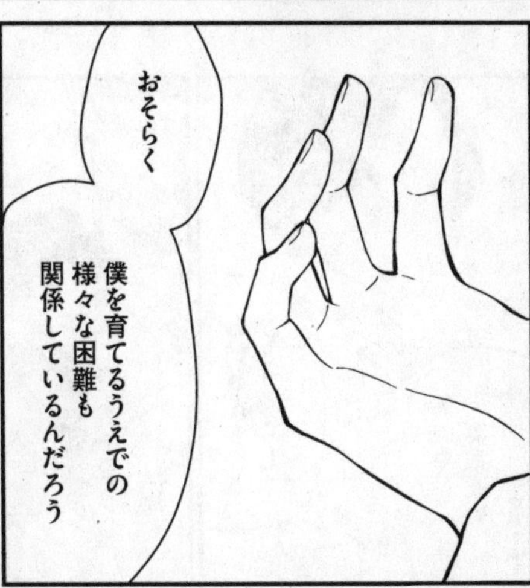
おそらく
僕を育てるうえでの様々な困難も関係しているんだろう

悪い人ではないんだが

進路の事
お母さんに
言ってあるの？
いや
まだだ
僕の事は考えて
くれているし
けれど
認めてもらえると
思う
そうだね

なんだかんだ
優しそうだし
もっと
怖そうな人かと
思ってたから
安心した！

これからも
仲良くして
いけそう…

これからも？
！

へ
変な意味じゃなくて！
将来的にお義母さんになるのかなーとかそんなのじゃなくてその…あの…
はい…
気が早いですよね…
早くないよ

この先長くつきあえば
そんな話も出るだろう

それに大上さんが
僕の家族を気に入ってくれて嬉しい

そ
そうだね…
それじゃ

この先も
ずっと
一緒に
いれたら
いいなあ
なんて…

すー

ふー

キスしても
いいですか
!?
この前は
事故だったから
改めて
そうだ!
進路と
お母さんの件で
すっかり
忘れてたけど

私たち
キス
したんだった
ぎゅっ
いつでも
どうぞ!

……?
許可が下りるのを
待っている
↓
はい
カモン!!

ガチャ
めーいーこーちゃん！

これ
カルチャースクールで
作った博多人形なの
よかったらもらって
はは
はい…

ドライフラワーと
押し花のしおりも
あるわよー
意外と難しくってね
花の組み合わせが
あら
進路の話してたの？
シンは決まった？
うん

卒業したら
県外で
ひとり暮らし
したい

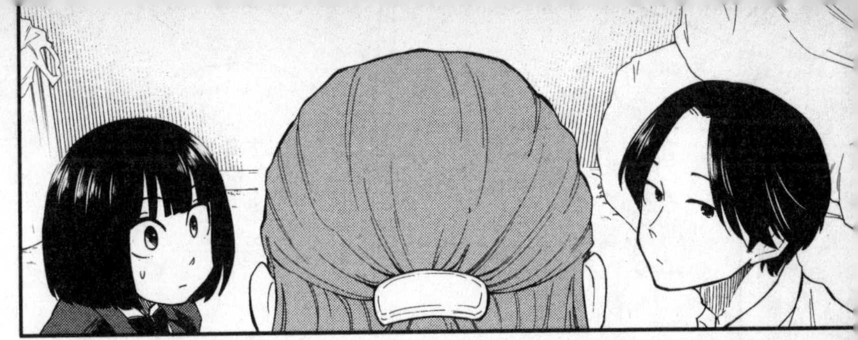

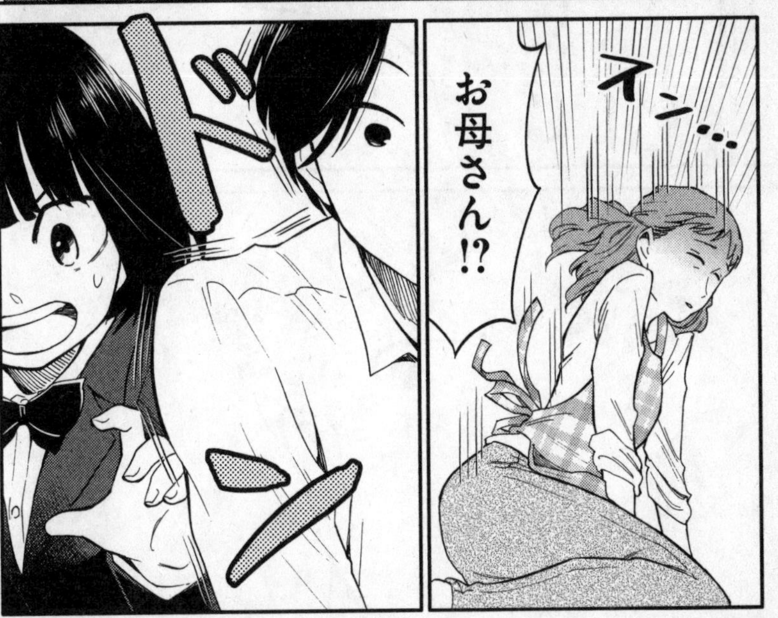
イン…
お母さん!?
ドッ

もう少しで
2度目のキス
できそうだった
のに！

フラ
フラ
あの…
えっと…

ス
ッ

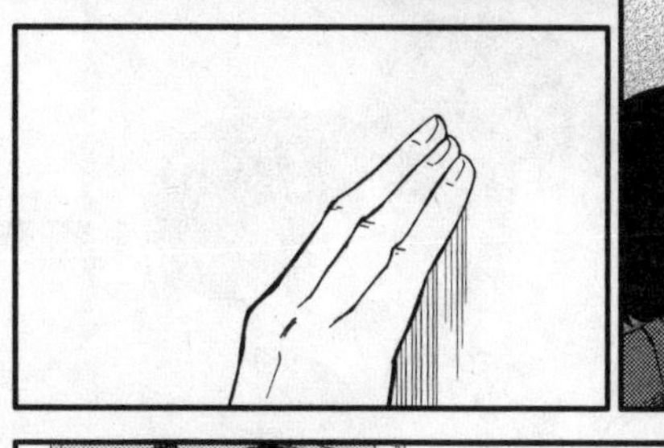

ゴン

ガン
ガン
ガン
ガン
ガン
ガン
お母さん!?
柳沼くんのお母さん!!
どうしたんだい!?

Bed Room
あの子は昔からちょっと不安定でね
体質が母方の血って事もあって
負い目を感じる所もあるらしい
そりゃ心配しすぎるのもわかるけどさ

あの子のせいでも
シンのせいでもないってのにねえ…
今日はごめんね
ご飯また食べにきなよ
はい…

大上さん
あまり気にしないで
お母さんの行動は日常茶飯事だし

大上さんの事
嫌いなわけじゃないと思うから

…うん

ありがとう

一生の不覚!!

お母さんの前で
あんな一言
ぶちまけるとか
絶対嫌われた
ガン
ガン
ガン
ガン
もう来れない
いや来たいけども
しばらく来れない

何とか信頼
回復したいけど
あの反応じゃ
難しそうだな…
いや
弱気になるな！
数々の困難を
乗り越えてきた
私たちなら

必ずや
この関係を…

無理!!

果たしてこの史上最悪の強敵に
大上は立ち向かえるのか!?

立て! 大上芽衣子! 戦え! 大上芽衣子! 生きろ! 大上芽衣子!
(ナレーション…大上芽衣子)

第22話　おわり

第23話
明日に架ける牛

お母さん

前後逆だよ
ヒヒーン
NIPPON

昨日はごめん
もうワガママは言わないから

もう一度考えてみるよ
行ってきます

トントントン
ガチャ

進路指導室

ズゥゥゥゥーン

やべー
一晩経って(た)も
胃がズキズキする

そりゃそうだよな
目の前であんな事
口走っちゃ…
私が親なら
二度と敷居
またがせねーわ
大上(おおがみ)さん

どうしたの?
ううん
なんでも

…昨日
お母さん
何か言ってた？
うん

大上さん
いい子だねって

本当!?
厳密には

「いい性格
してるわね」
って

それと
「あなたを県外には
行かせられない」
と

「何が起こるか
わからない」
「あなたを心配して
言ってるんだ」
…と

そんな…
だから

近場でまた
探してみよう
悲観する
事はない

僕を思って
言ってくれてるん
だから

いいのかな
それで

でも
他人の家庭環境に口を出すのも…
おっ
ガラ

すまんな取り込み中じゃったか
取り込んでないです

大上さん進路どうするん？
それがまだ全然

松隈くんは服飾の学校行くんでしょ？
それがの…

学費も就職率も悪くない
じゃが…

女子ばっかりで
眩しい!!

男子もおらん事ないがみんなキラキラしとるんじゃ
あの世界は俺には明るすぎる…!

そもそもファッションとかわからんしのう…
おっ

農業大の学園祭…
阿継農業大学
学園
11月3日
ちょうど今週末か

電車で
2時間…
行けん事
ないのう

それ

ひとりで
行くのか
おう

ひとりで
いいのか
慣れとる

ひとりで…
3人で！
3人で行こう！
ね!!
お…
おう
そうだな！
結局
行きたいんじゃん
あんな
食いついてくる
柳沼くん
珍しいな…

おおー!
ふれあいひろば
牛串焼き
最後尾

ほう 受験生のための 特別講義
ほほう 野菜の収穫体験
おいしい!
ほほほう 家畜ふれあいコーナー

あんな重装備で来た甲斐があったのう
人の多い路線なので
完全装備
（体育祭参照）
は肌が弱いと大変だよねー！

けどあれじゃあ通いは難しそうじゃの

……
野菜スー
NOUDAI
うちの大学で穫れた野菜でーす！

あっ
ゴロ
ゴロ
大丈夫かの？
すみません
ひょい

似合う…！
そ
そうかの？
すごーい
こんなに軽々と

学生さん
ですか？
よかったら
うちの科
入りません？
は
はあ…

……

ねーねー
牛の乳しぼり
体験だって！
やってみない？

…すまんが
ふたりで
行ってきて
くれんかのう

こうして
お母さんのお乳を
やさしーく
握ります

ジョロロロロロ
おおー

いっぱい
出ましたねー
ビシュー
まだまだ
出ますよー
それでは
順番にどうぞー

ギュー
あれ？

ぎゅっ
ぎゅっ
出ない…
あれ?
コツがいるんですよ
では次の方

ジョロロロロロロ
上手(じょうず)ー!

初めてでここまで出せる人珍しいですよ!
才能があるんですよ

べろん

めろ
めろ
めろ
めろ
お母さん牛も喜んでますねー

おう

楽しそうじゃの

どこ行ってたの？
ん その…
松隈くん

べちょり
乳しぼりも奥が深いぞ

はっ 大根収穫体験が終わってしまう
急がねば！
待てや柳沼！拭け！

カタン
カタン

ずいぶんはしゃいどったのう

こんな柳沼くん初めて見た
子供みたいじゃのう

それ何？
あ…ああ

いろいろ聞いてきたんよ
学校法人阿継農業
入学
学費とか奨学金の事とか…

でも残念じゃが
ちぃと俺には無理そうじゃ

なんで…
ん…

ウチな
親が
親が…

ハッスルしすぎて
10人兄弟なんよ…!

じゃけえ なるべく
金のかからん所
探しとるんじゃが
大変だね…

無理すれば
行けん事ないが
弟たちの事
考えるとのう

ごめんね
何も知らなくて
ええ
ええ
結構楽しく
やっとんじゃ

選択肢は
限られるが
進学できん
わけじゃない

あと2年
ゆっくり
考えるわ

今日は
ありがとう
松隈くん
おう

お前は
受けるんじゃろ？
今日の所
いや

母さんが
心配するから
遠い所は
ダメなんだ

だが大学の
空気を感じられて
楽しかった

来れて
よかった

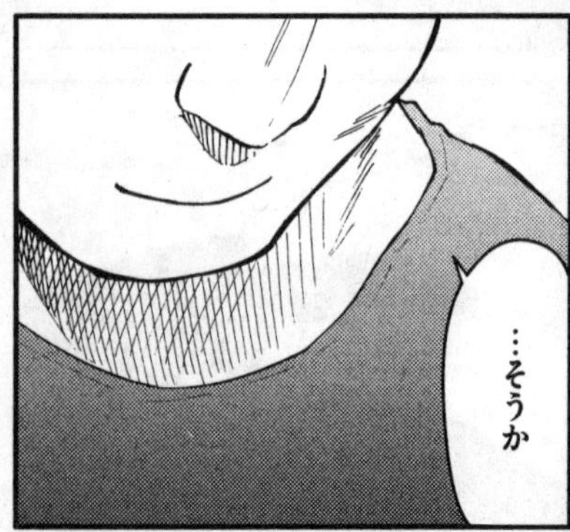
…そうか

ま
いろんな事情が
あるけえの

それじゃ
学校での
ああ

もっったい
ないのう！

あー……
その
えー……

簡単に諦めんなや！
今日のお前輝いとったで！

輝いて?
うん
まあ
楽しそうだったよ

実は
さっき
松隈くんとの
会話を
聞いていた

え⁉
起きる
タイミングが
わからなかった

彼の
言う通り
諦めては
いけないのかも
しれない

だが
彼が言うから
がんばるのも
違う気がする
うーん…
…私が
見たいからじゃ
ダメかな？

今日の柳沼くん
すごく楽しそう
だったから
また
野菜作ったり
乳しぼりしてる
ところを
見たいから

お母さんを説得しよう
柳沼くんと私のために！
また
柳沼くんのミルクを飲ませて！

牛乳的な意味で!!
え?

不思議だな
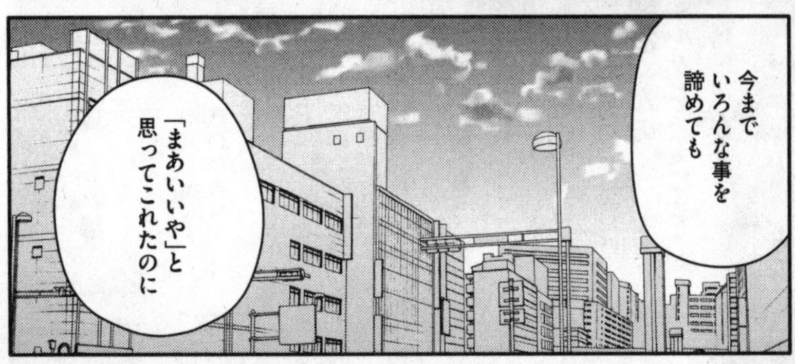
今まで
いろんな事を
諦めても
「まあいいや」と
思ってこれたのに

大上さんと出会ってから
僕はワガママになったみたいだ

そうと決まればさっそく
早！

大上さんは何か決まった？
全然だった！

待てよ

柳沼くんが
県外に行ったら
離れ離れに
なっちゃうんじゃ

なら私も
県外に…
行けるかどうかも
わからないのに!?

これ
引き留めたほうが
いいのでは…!?

第23話 おわり

第24話 病み上がりの青空に
ABD

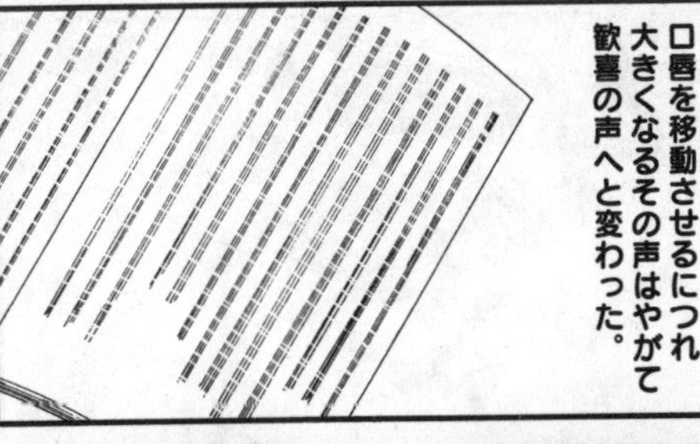

口唇を移動させるにつれ
大きくなるその声はやがて
歓喜の声へと変わった。

「お願い…我慢できないわ」
やわらかな茂みの中へと
女自ら誘う。
泉のように濡れそぼった
秘貝の入り口に敏夫は
いきり立った男の根を

ふう…
官能小説は
いいねえ…!

説明しよう
なぜ私が読書に
ふけっているのか

「柳沼母を説得する」と言ってはみたものの
直接会う勇気はなく電話する根性もなく

手紙をしたためようにも文才が足りず
気分転換も兼ね活字を摂取している

つまり現実逃避である
ハァハァ
心の栄養は大事!!
ハァハァ

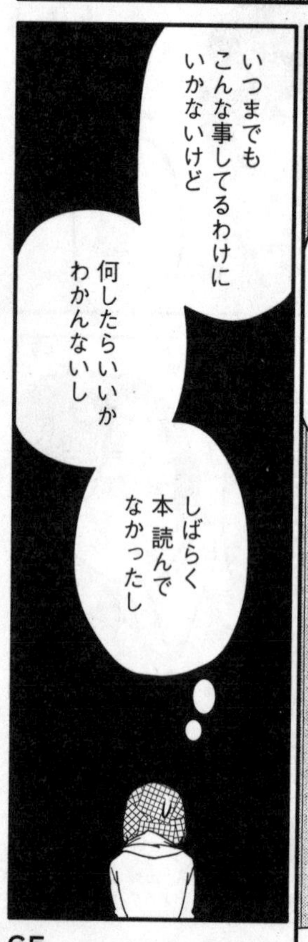
いつまでもこんな事してるわけにいかないけど
何したらいいかわかんないし
しばらく本読んでなかったし

明日
図書館行こう…
柳沼 慎一郎
ジャラフーン
ジャラフーン

はーい
もしもし
……

風邪!?

大学に行ってから
具合が悪かったんだが

とうとう熱が
出てしまった
べちょ
ぐしょ
あのまま
歩き回ったのが
原因じゃ…

大丈夫？
お見舞い行くね
それは
嬉しいが
お母さんに
会う事になるけど
無理

明日は休むが
明後日には
学校に行けると思う
うん…
待ってる

その間
授業のノートを
取ってもらえない
だろうか
あ
はーい
お大事にー

柳沼くんも
大変なんだし
私も
がんばんなきゃ…

中央図書館

でも
息抜きは
大事!!
ノートもちゃんと
取ったし
明日からまた
がんばろ!

フフ…
一般大衆の目は
ごまかせても
私は欺けないぞ…!
大上EYE:
本棚からエロ度の高い本を
見分ける能力を持つ
女教師直腸責

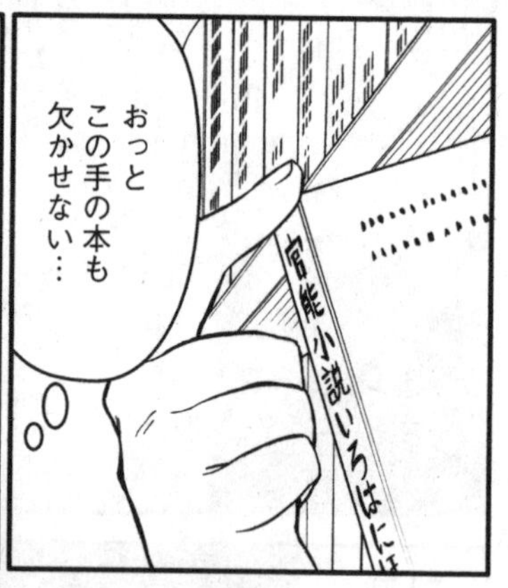
おっと
この手の本も
欠かせない…
官能小説いろはにほ

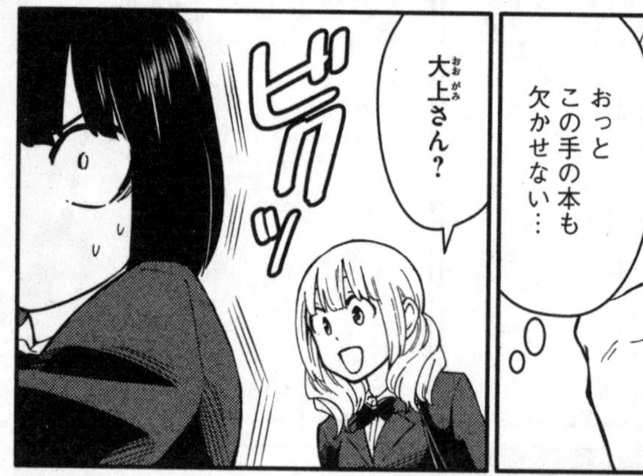
大上さん?
ビクッ

どっ…どど
どうしたの!?
ウチに今
弟の友達
来ててさー
帰ってくれるまで
ここで課題
やろうと思って

わ私は
進路関係の本
ないかなって!
へー

柳沼くんの志望
県外なんだっけ?
う
うん

でも
まだ受けるかどうか
わかんないし
私も近くに
行きたいけど

せめて
やりたい事
見つけなきゃ
大学のメドも
立てらんないし

彼氏持ちの
悩みだねえ

根津さんも
この前
告白されたんじゃ
※19話
あいつ7股
かけてやがった
オウ…

私も
調べよっかな
い
いいよそんな
バサバサバサ

官能小説
いろはにほへと
肉欲
路線バス

ぐっ
帰ります…

一緒に見ていい!?

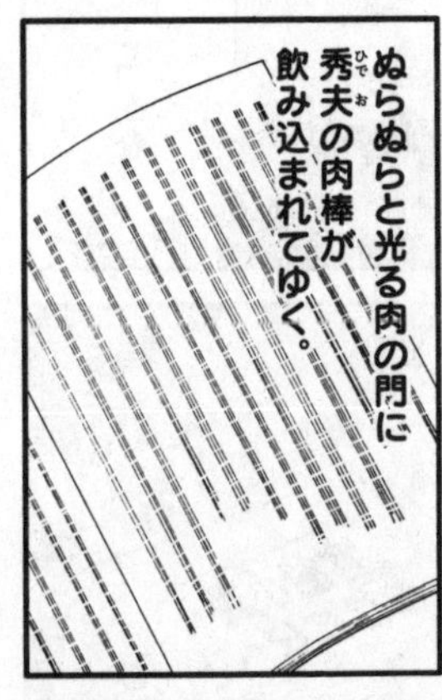
ぬらぬらと光る肉の門に
秀夫の肉棒が
飲み込まれてゆく。

「ああ、熱い、熱いわ」
「こうすれば熱すぎてとろけちまうぜ」

秀夫は真知子の身体を
裏返し、

波のように
激しく揺さぶる。

「ああ、もう駄目(だめ)、死んじゃうわ」
湧き上がる愛の泉が真知子の中から溢(あふ)れかえらんとするその時、

ち
ちょっと刺激が強すぎたかな
そうだね…
しかし
肉の門だの棒だの
よく思いつくよねー
でしょでしょ!?
ほかにも

と両脚を
も咆哮しそうに赤く
する股間の昇り龍を美味そ
まるで雲の上にいると
み込まれ

車の如
と雄の匂いが立
を帯びた肉キノコをヌルヌ
迎え入れまるで
下腹部を

そもそも
源氏物語でも
隠語でエロを
表現してるし
名だたる文豪も
エロ本を熟読し写本し
研究したという…
つまりこれは
国語の勉強なんだよ！
ほう

大上さん
こういう話する時
キラキラしてる

陰キャのくせに
淫乱ビッチで
すみません…
そうじゃない！

仲良くなる前は
おとなしい
だけの子だと
思ってたから

悪い子じゃ
ないんだろうけど
友達には
ならないだろうな
って

それが
フタ開けてみれば
昇り龍だの
肉キノコだの
はあ…

大上さんが
エロ大魔王で
よかった

6時になりました
閉館の時刻です
はっ
進路の事調べてない！
やる気あったんだ

どーしよー…
こういうの書かないの？
下がり夫人番長

なっ!?
この人たちも仕事で書いてるんでしょ？

大上さんが書いたの
読んでみたいな
なーんて

じゃあね
エロ大先生
大先生!?

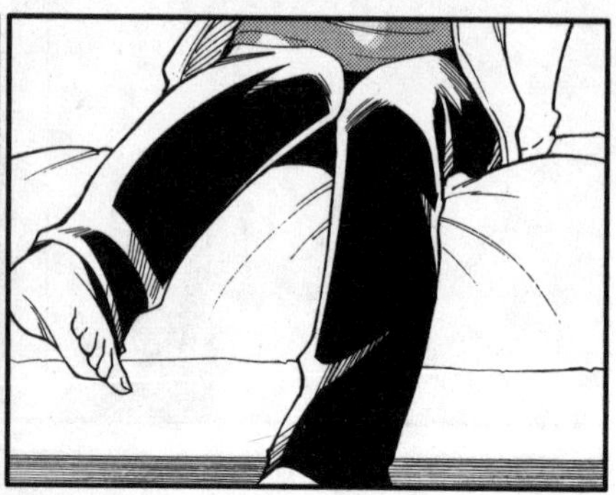

カリ
カリ

パラ
パラ

カリ
カリ

ふあーーー…

おはよう

風邪治ったの?
もうすっかり

大上さんこそ眠そうだけどどうしたの?
そ そうかな?

早速だが昨日の分のノートを
はいはーい

そうそう昨日
図書館でね

根津さんと
進路の話を…
〝…秘められた蕾を
こじ開けると

ほのかに甘い
香りがする
雅彦は
燃え上がる男性自身を
あてがうと

花弁を散らすかの
ように…〟
ストップ!
ストーーップ!!

素晴らしい…!

!?

内容はよくわからないが言葉選び・文体・リズム流れが美しい
そそうかな…
君と同じくひとりで本ばかり読んでいた僕が言うんだから間違いない
説得力がおありで…

これ
大上さんが
書いたの？
うん…

ほう

もっと読んで
みたいな

こんなに
素敵なものが
生み出せるなんて

また書いたら
見せてくれないか

どうした？
あ
ううん

自分で書いたものを
褒められるのって
こんなに
嬉しいんだなって

そうだな
文化祭の
時といい

大上さんが
作ったもの
好きだな

…小説家…とか
目指してみようかな

い今の一言で進路決めるのも変だけど!
変じゃない

応援するよ

決めた

私
小説の勉強できる
学校を探す！

柳沼くんの
近くで！

そうだな

一緒に
がんばろう
またふたりで
いられるように

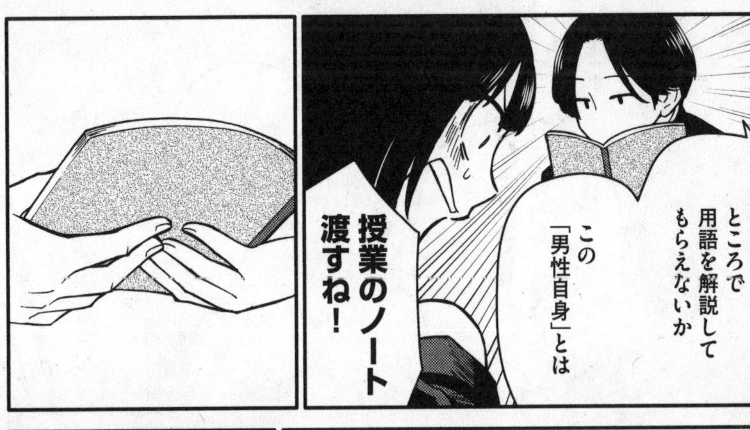
ところで
用語を解説して
もらえないか
この
「男性自身」とは
授業のノート
渡すね！

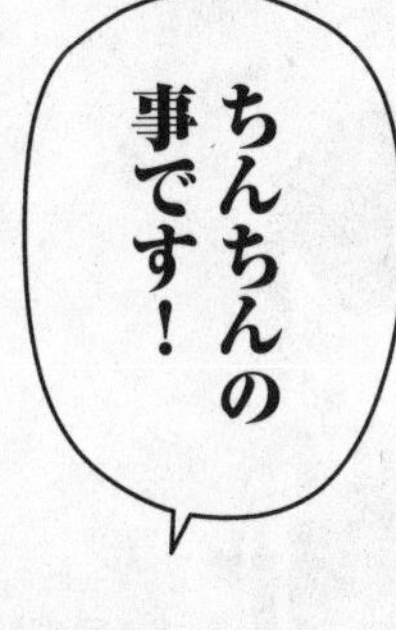
ちんちんの
事です！

なるほど
では
……

キラキラしてる
また書いたら見せてくれないか
…よし!
あれ?
…あれ?

小説ノートが
ない!!

慎一郎
ハサミ持ってない？
確かカバンの中に…

あれ？

だしだし
バサ
バサ
あれ？

探すよ
悪いねえ
シンー
あら
どこ行っちゃったの
かしら
見慣れない
ノートね

ふら…
バターン
!?
大上芽衣子はまだ知らなかった

このノートがさらなる
!?
!?
嫁・姑(予定)抗争の引き金になる事を——

第24話　おわり

HI-COCOA
第25話
幸福の黄色い花束～柳沼番外地～

お母さん

物音がしたけど
大丈夫だった？
ええ
よかった

改めて
相談したい事が
あるんだ
僕
やっぱり
県外の大学に
行きたい

心配してくれる
気持ちはわかる
けど
たまには
僕の意見も
尊重してほしい

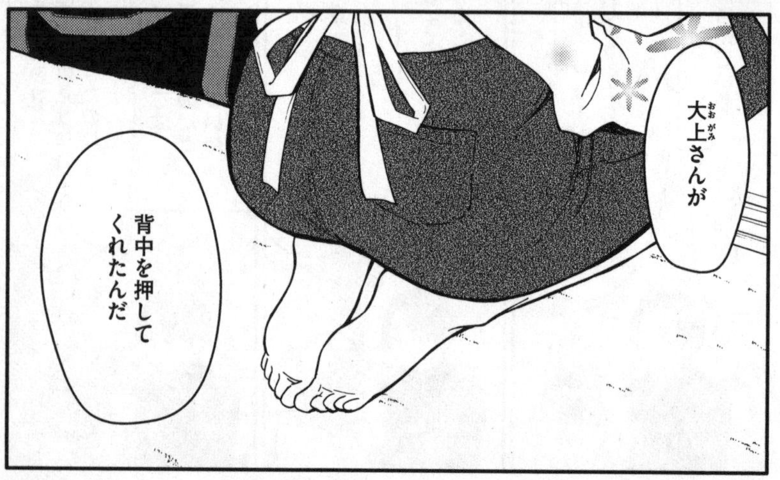
大上さんが
背中を押して
くれたんだ

彼女は…
シン
これは何？

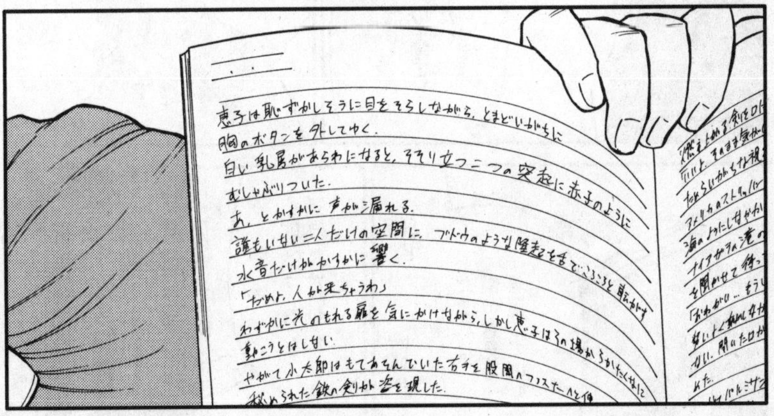
恵子は恥ずかしそうに目をそらしながら、とまどいがちに
胸のボタンを外してゆく。
白い乳房があらわになると、そそり立つ二つの突起に赤子のように
むしゃぶりついた。
あ、とかすかに声が漏れる。
誰もいない二人だけの空間に、ブドウのような隆起を舌でころころと転がす
水音だけがかすかに響く。
「だめよ、人が来ちゃうわ」
わずかに光のもれる扉を気にかけながら、しかし恵子はその場から
動こうとはしない。
秘められた鉄の剣が姿を現した。

お母さんあれだけ有害なもの見せないよう努力してきたのに
※見られてはまずいものだと初めて気づいた
どこでこんな言葉覚えてきたの!?
※どうにか言い訳を考えている
スマートフォーン!? スマートフォーン買ったのがいけなかったのね!?
※考えている
えーっと

頭の中に直接
流れ込んできて
病院に
行きましょう!!
バョヨーン

どうせ
芽衣子ちゃんだろう?
有能な姉に
任せなさい

それ
書いた犯人
知ってるよ
誰なの!?

一発当てて大学デビューの資金にしようかと
千重子…
筆跡も違うっしょ?
『肉』の書き方なんて完全に芽衣子ちゃんの
そうそう大上さんの

ガタガタガタ
ガタガタガタ

どうしよう
99%柳沼くんに
渡したまんまだ
もし
お母さんに
見られたら
白い肌の上を
獣のような腕が
這いまわる。

「あっ……やめて、そこだけは」
ふたつの果実を揉みしだく手が
ゆっくりと下腹部の熱帯雨林へと
あんな文章
見られでもしたら…！

遺書
書いとくか!?
ポロン♪

既読 23:42
既読 23:42
下まで降りてき
団地の入口にい
柳沼くん!
届けにきてくれたんだ
柳沼くーん?
はーい

ボク ヤギヌマダヨー
お…母さん…?
読ませてもらったわ

これ

あ…あの…
それは…

すごいじゃない！

まるで
プロみたいよ
おばさん
びっくり
しちゃったわぁ

い
いやあ…
よかった
怒ってない
こんなもの
書く
あなたが

慎一郎を連れ出そうとしてるのね？

どうして…
ぺた

どうしてなのおおお

こんなに大事に育ててきたのに
私の愛情が足りないせいなの!?
お…お母さん…

万里子！

どーどー
どーどー
ごめんね
驚かせちゃって
いいえ…

あー
だいじょぶだいじょぶ
いつもの事だから
嫌!
嫌よ!!
ほら
帰るよ

お母さん…

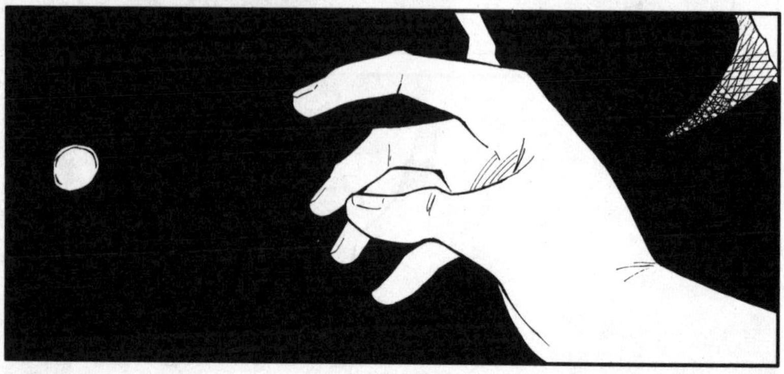

あなたに
慎一郎が
守れるの!?

ご…

ごめんなさい…

とりあえず
落ち着こ

アイス買って
あげるから
あずきバーが
いい……

ごめんね
うちの嫁が
迷惑かけて
あ
いえ…

子供を
心配するのは
当然だけど
限度ってもんが
あるよねえ

昔は
もうちょっと
穏やかだったん
だけど
何か
あったんですか?
ん

あれはシンが
小学2年生の
時だったかね

その頃は
周りにも
体質の事
言ってたんだよ
小さい子同士の
接触は
避けられない
からね

友達は
少なかったけど
それでも
なんとか
過ごしてたんだ

けど
ある日
リーダー格の子の
秘密を
喋らせちゃって
その子と
言い合ってる
うちに
階段から…

――シン自身は
かすり傷で
済んだんだけど

そんな事
あったっけ?
本人も
この通りだし

学校だから
どうしようも
なかったのに
あの子は自分を
責めてねえ…

それからすぐに
転校させて
しばらくは
校門まで
ついてって…

あの子の気持ちも
わかんなくは
ないんだけど

いつまでも
そばに置いとく
わけにも
いかないしねえ…

大上さん

すまなかった
もう一度
母とゆっくり
話し合ってみるよ

…うん

「あなたに慎一郎が守れるの⁉」
SUE

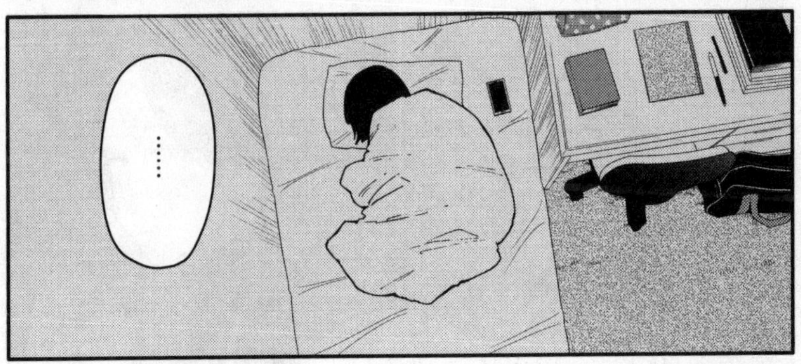
……

なにこれ
専用プロテクター
柳沼2号…

……

「柳沼くんを守る」って
どうしたらいいのかわかんなくて

15年見てきたお母さんと私じゃ
重みが全然違うんだもん…

そんな事はない
受け取っておくよ

ありがとう
てててて

ねーねー

お兄ちゃんチューした？
したよ

コラ まーくん！
すみません うちの子が

ほら お手々繋いで！
いーやーだー！

子供は遠慮ないね…

幼児用ハーネス…

僕は母と手を繋げなかったから
外出の時はハーネスをつけられていたんだ

だが当時は偏見も多く
道行く人によく後ろ指をさされたらしい

――とばーちゃんから聞いた

子供の頃の柳沼くん
走り回らなさそう
だけど
ぼんやりして
取り残される事は
よくあった
ああ…
人混みは母も
苦手だったが
動物園や植物園には
よく連れて
いってくれた

友達のいない
僕に
草木や
鳥について
教えてくれた

「たとえ友達が
作れなくても
楽しい事は
たくさんある」
と

ばーちゃんが
盆栽を始めたのも…
そっか

お母さん
ずっと
考えてたんだ
柳沼くんが
生きやすいように
少しでも幸せに
なれるように

大事に育てて
守って
きたんだ

花
flower
ねえ

お母さんに
花束
贈らない？
私と
ふたりで
花
Flower
お母さんの
好きな花とか
入れて！

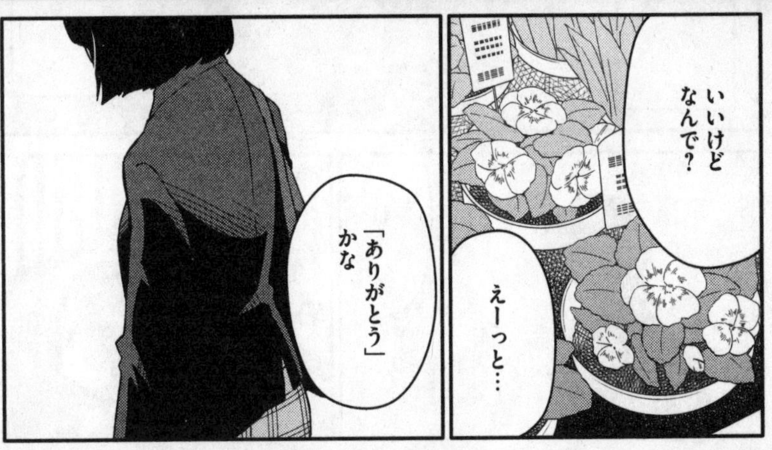
いいけど
なんで？
えーっと…
「ありがとう」
かな

柳沼くんを
産んでくれた事
育ててくれた事
それと
「これからもよろしく
お願いします」！

柳沼くんを愛する
ライバルとして！
愛する？
う
うん…

年月では
敵わなくても
私だって
お母さんと
同じくらい

柳沼くんの事
好きだもん…
り物

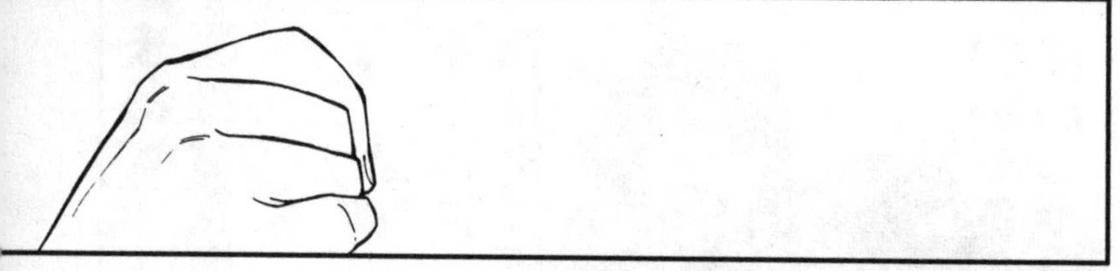
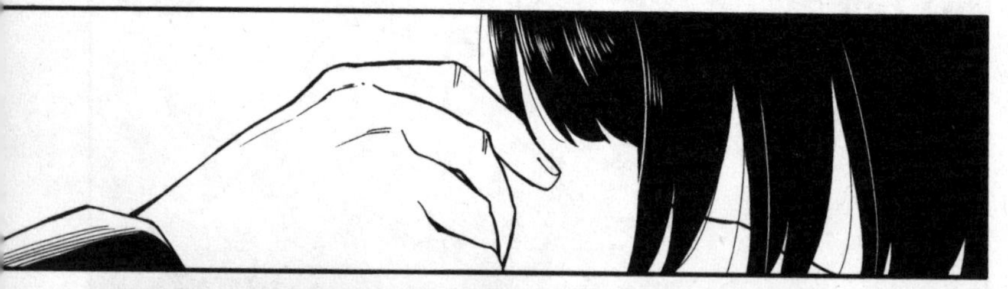

パッ
お母さんの
好きな花
何!?
あ
ああ

たしか
黄色い…
フフ…
うまくいった
まずは
嫁(仮)としての
好感度を上げ

まあ
素敵な花束
慎一郎は
あなたに譲るわ
ついでにふたりで
住んじゃいなさい

そして
新居でしっぽり
おしべと
めしべを
トン
大上さん

いくら持ってる?
贈れます
花束(大)
¥5,000—
花束(中)

ご ごせ…
少しランクを下げるか
花束(大)
¥5,000—
3,500—
承ります
すみません
花束作ってもらえますか

久しぶりに妻に会うので
そうだな黄色いバラを…
はー大人の財力は違うなあ

第25話　おわり

第26話 君は薔薇より慎ましい

あら
何見てるの？
不動産屋の
サイト

でも大学には
家から
通うんでしょう？
そう思ってたん
だけどねー

薫と
ルームシェア
するのも
アリかなって

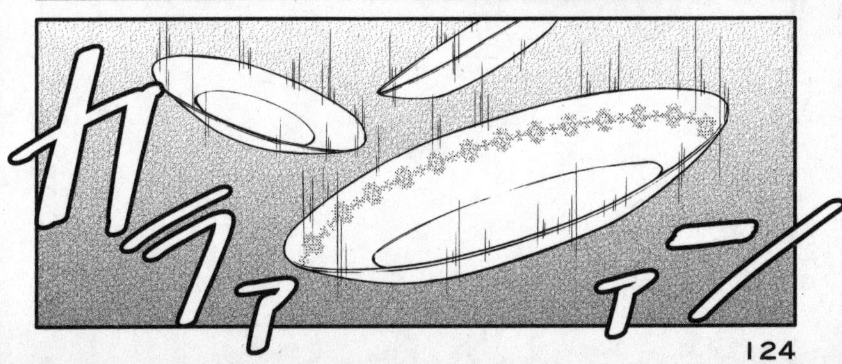
ガラァァーン

あなたもそうやって
出ていくのね
あたたかく
明るい我が家から
恐ろしい大都会に
旅立つのね!?

愛はいつでも
一方通行…
ほら万里子
お皿拾って

♫♪♪♩

はーい
もしもし
え
本当かい?

……

SHIBATAXI
なるべく早く帰ってきとくれ

ブロロロロ…

あの…
慎一郎くんとそっくりですね
はっはっはよく言われるよ

……
SHIBATAXI
素敵な
ファッションですね
海外に
行ってらしたん…
いや
名古屋だ
半年ほど
出張していてね
君
ういろうは
好きかね？
お父さんは昔
冒険家を
志していたんだ
今は保険の
営業マンとして
全国を
飛び回っている
間に何が
あったんだろう
お
着いたぞ
ガチャ
あら
お帰りなさ…

驚かせて
すまない
君を
喜ばせたくてね
タ
ッ

穣治さん…！

もう！
寂しかった！
はっはっは
すまないすまない

さっき花屋で
芽衣子ちゃんたちに
会ってね
驚いたな
シンに彼女が
できただなんて

…この子は
そんなんじゃないわ

慎一郎を
連れ出そうと
してるのよ！

いいじゃないか
連れ出せば
あなたまで
そんな事言うの!?

愛してるのは
君だけだけどね
あなた♡
ホラ
子供らの前で
ベタベタしない！

じゃあ
また明日
うん

お父さんが
帰ってきたから
お母さんも
少しは機嫌が
良くなると思う

また
何かあったら
連絡する

…うん

とはいえ
進路も私の事も
まだ許してくれそうに
ないなあ…

もしもし
おう
柳沼
次の土日
ヒマかの？
うん
バイト
やってみんか？
バラ園で
俺が誘われたんじゃが
都合悪くての
ここから電車で
2〜3駅じゃし
どうかの？
ぜひ
やらせてくれ

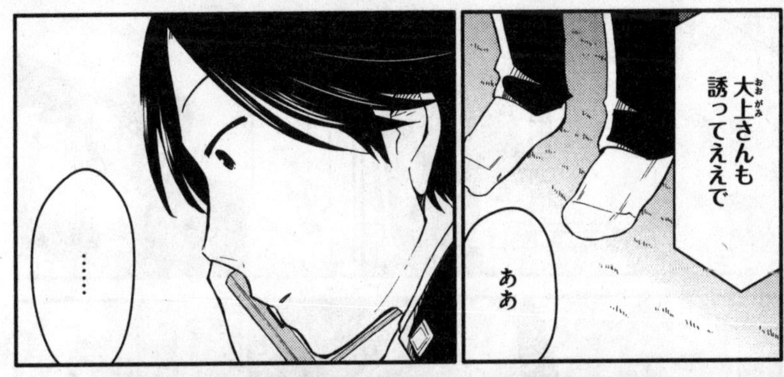
大上さんも誘ってええで
ああ
……

…いや
ひとりで行こう

結局進展なしか…

そういえば

ちゃんとした
キス
してないなぁ…

なんか
ハラ立ってきた
あのお母さん
私らを邪魔(じゃま)したくせに
自分はイチャつきやがって

こっちから
仕掛けてやる！
今 何してる？

ポイーン♪
バイト

もしもし!?
バイトってどこ!?
バラ園
私も
行っていい!?
どうぞ

柳沼くんin
バラ園なんて
絶対
神々しいに
決まっとるやんけ…!

城戚バラ園
Rose Garden

だよね!!
?

ほー
彼女さん?

彼
働いてくれるんだよ
若いのによく
まあ
ゆっくり
してきなよ
ポン

茂みで
乳繰り合っちゃ
だめだぞ？

あ…あれ!?
申し訳ない！
ラップ
+
完全ガード時
ラップ
巻いてないんだ
暑いし

どんなお仕事
してるの？
掃除したり
防虫剤撒いたり
それは？
パチン
終わりかけた花を
切っている

少し
かわいそうだけど
こうする事で
次の世代に
栄養が回る

パチン
この花の命は
終わってしまうけど
この木は
来春も その次も
きれいな花を
咲かせる
パチン
へえ…

パチン
パチン
パチン

それにしても
よく
お母さんOKして
くれたね？
バイトの承諾は
お父さんに
もらった

お母さんには悪いけど内緒に
まずは外堀を固めて…
案外小賢しいな

言ってくれれば私も一緒にやったのに
うんだけど

今まで大上さんのおかげで
友達も増えて
いろんな事経験できたけど

そろそろ僕ひとりでも
社会と向き合えるようにならなければ

僕も
守られて
ばかりじゃ
いられないから

「ひとりでも」
か…
かっこいい
けど
ちょっと
寂しいな
息子に出て行かれる
お母さんって
こんな気持ちなのかな…
あら
芽衣子ちゃん

今日はひとりでおでかけ？
いいわよねえたまにはひとりも

私たちね水族館デートしてきたのこの人ったら子供みたいにはしゃいじゃって
それは君のほうじゃないか

でも変ねえ
慎一郎今日は友達と遊びに行くって言ってたから

あなたも一緒だと思ってたけど
と友達私だけじゃないんで！

それにしたって場所も教えてくれなくて
そうだな

そろそろ
バイト先に
電話してみるか

お父さん!?
はっはっは
すまんすまん
あなた!?
一体
どういう事なの!?

ダメよあの子が
アルバイトなんて
トラブルに
巻き込まれるに
決まってるわ!
いいじゃないか
冒険させても
慎一郎が
大変な目に遭ったら
どうするの!?
……

…あの！
バイト先 行って みませんか!?
バラ園 なんですけど

柳沼くん すごく活き活きしてて 楽しそうで
あの姿を 見たらきっと…

ダメよ!

知り合って間もないから
そんな事言えるのよ
あの子がどれだけ
傷ついてきたか
苦しんできたか
あなたに
わかるの!?

でも
柳沼くんは前に
進もうとしています

私にも
お母さんにも
頼らずに…

…もう
帰ってちょうだい

バラ園か

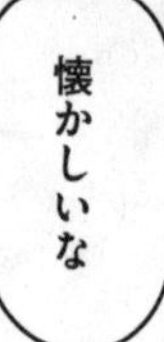
懐かしいな

心配でまた来てしまった…

あのお母さんなら抗議しに乗り込んで来かねないし
ていうか私も過保護かな…？

マジでいた

あんなに
鋭利なハサミ…
指でも切ったら
どうするの!?
普通の
園芸バサミだよ
すみませーん

このバラ
何て種類ですか?

これは
メアリー・ローズ
寒さにも
病気にも強く
育てやすい品種で…

お若いのに
詳しいんですね!
高校生ですか?
はい

ポン

バラ園に美少年ってエロいー！
はっ
すすみません私ったら…

メ〜ス〜ザ〜ル〜が〜〜〜〜〜〜

今すぐその子から離れなさい！
ごめんなさい！
カッ
慎一郎も慎一郎よ！

お母さんに嘘ついて
こんな事始めて
いつから
そんな子になったの!?
あなたを心配して
言ってるのが
どうして
わからないの!?

や…やだわ
私ったら

ごめんなさい
取り乱して
ああ
地球の中心部まで
埋めてちょうだい
なかなか
がんばってるじゃないか

驚いたな
シンが自分から何かを始めるなんて

僕も内心心配だったが
働く姿を見て決心がついたよ

僕の知人に植物学者がいるんだ
昔の冒険仲間でね

彼が学生のために部屋を貸し出しているらしい

A農大の教授なんだが
見学に行ったそうだねシン

信頼できる友人だし
悪い話ではないと思うが

どうかねシン
ぜひ

だ
そうだが
いかがかね万里子
えっ…

私からもお願いします!

お母さんには敵(かな)いませんが
命に代えても柳沼くんを守ります!

何か言う!
あ
ああ

…ソフィーズ・
ローズ

シャリファ・
アスマ
サマーソング
グラハム・
トーマス…

全部お母さんが
教えてくれた
花だ

僕
もうひとりでも
大丈夫だよ

それと
嘘ついて
ごめんなさい

…しようがないわね

いいわ
県外でもどこへでも行きなさい

あなたも
宣言したからには
ちゃんと
支えるのよ？

シンの事
子供だと
思ってたのは
私だけ
みたいね…

ただし！
高校生として
節度は守る事
手え出したら
承知しない
からね？
色仕掛けしたり
暗がりに
連れ込んだり
変な知識を
は
はい！

じゃ
僕たちも
デートしようか
あなた♡

許してもらえて
よかったね
うん

しかし高校生らしい
付き合いとは
どのようなものだろう
！

だ
大丈夫！
この場で
柳沼くん
押し倒したり
しないから！
お母さんに
誓ったから！

卒業まで
貞操は守…

ブィーン
バッ

隙あらば
唇奪おうと
思ってるから！

申し訳ございません…
……

お父さんに聞いたんだけど
学生時代お母さんとの初デートがこの場所だったらしい

こう言ったらしいよ

「芽衣子さん

これからも
僕と一緒にいて
くれませんか？」

今
スキだらけ
だけど…
!!

…「はい」
それと
あの…
キス
してもいいですか!?
どうぞ

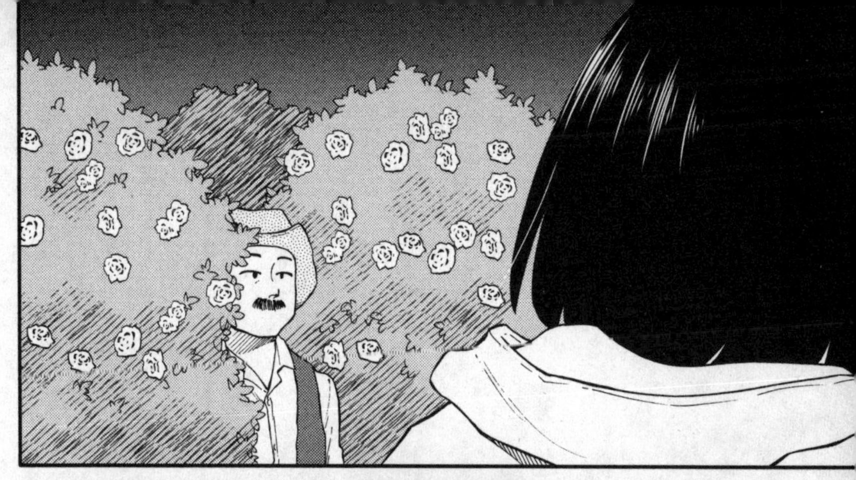

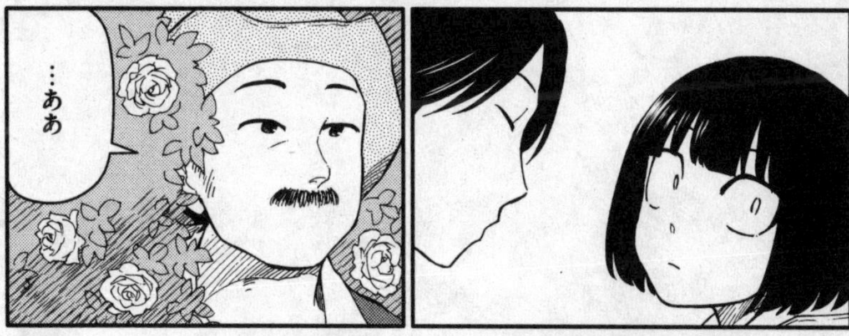

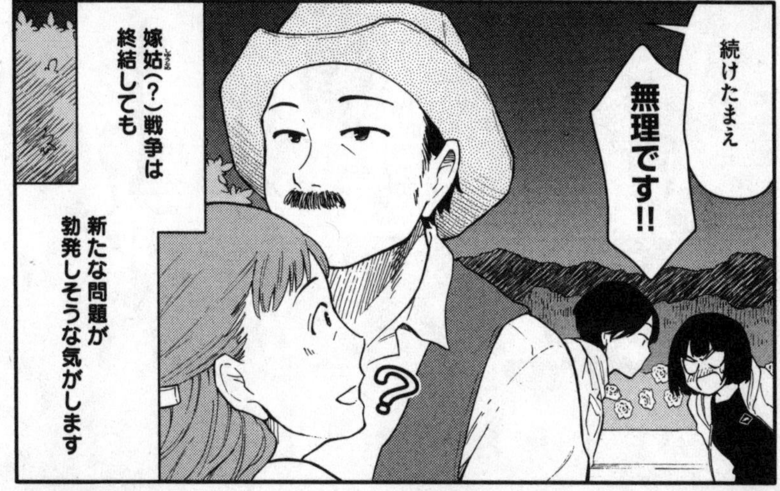

続けたまえ
無理です!!
嫁姑(?)戦争は
終結しても
新たな問題が
勃発しそうな気がします

第26話　おわり

第27話
クリスマスが懲りずにやってくる

えー…
お父さん
お母さんを
僕にください
ちがう！

あれ？
大上さんを
僕にください
間違ってないけど！
気が早いし！
全員
大上だし！
あらあらあら

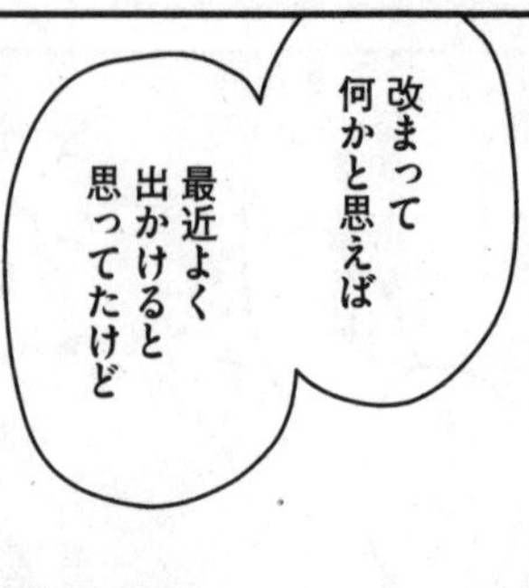
改まって
何かと思えば
最近よく
出かけると
思ってたけど

まさか彼氏が
できてたなんてね
ねえ
お父さん？

よかったわあ
この子ずっと
友達
少なかったから

気難しい
子だけど
よろしくね

意外と
あっさりだったなあ
うん

でも
安心した
隠してた
わけじゃないけど
いつ言おうか
迷ってたから

そっちの
ご両親は元気？
ああ

お父さんが
また出張に行ってから
多少不安定だが
あなたぁ
あぁぁ
あ
大きな事件は
起きていない
そっか…

ともかく
年内に ひと区切り
つけられてよかった
……

フッフッフ
ところがまだ
ついてないのだよ
柳沼くん

やってよかった
初体験時期
ランキング第1位
クリスマス!!
(大上調べ)
HOTEL ICHA²
当日は
ふたりきりで過ごし
なんだかんだで
密室に連れ込み…

「今夜は
寝かせないよ…」
Merry Xmas

もうすぐ
クリスマスか
毎年
特別な事は
してこなかったが
じゃあさ
今年は一緒に
過ごそう!

何するか
決めてないけど
とにかく一緒に
何かしようよ

そうだな

家族以外の
誰かと過ごす
初めての
クリスマスだ
計画通り

クリパしようぜ!

そうだね
栗ごはんとかね
もう
冬だけどね
で
クリパって？
本気で
わからん
かったんかい
クリスマス
パーティー！

あたしんちに
お菓子持ち寄ってさー
あ
カラオケも
いいなー
でで
でも
その日は…
柳沼くんも
クリパしよー！

Wakamedia
クリパ
クリパとは、古代インドの聖典「マハーバーラタ」の登場人物である。
？
クリスマス
パーティー！

いいよ
!

大勢のほうが楽しいし
「ふたりきり」が伝わってなかったー!!
じゃ決定ね

未亜と真理香も!
えーでもぉー

この中で彼氏(候補含む)いないの私だけなんだよ
私だけひとりで過ごすなんて許されねえ
別にいいけど…

それじゃ24日はうち集合ねー!
くっ…どうしよう
これじゃ私の計画が…
※計画など最初からない

なんとか…
なんとかしなければ…！
メリークリスマス！
メリー…
結局何もできなかった
柳沼くんもいるし
まいっか
これはこれで楽しいし
インドっぽい物を持ってきた
何なん

だからさー
私だって花のJKなわけよ

真面目だし
正直かわいいと
思うし？
なのに周りばっかり
いい感じになってさ
宣誓！
根津美伊奈 来年こそ
彼氏を作ります！
飲んでんの
ジュースだよね？
僕にも1本
もらえないか
はいはーい
大上さんと
どこまでいった？

……
あ
あれー？
ちょっと
未亜!!
何も
してません!!

ほほう
では相変わらずご健全な関係と
え あ
その…
つきあって4カ月
進展なしと
……
美伊奈これ開けていい?
あー待って!
やっぱり遅い…かな
私は進展させたいし
柳沼くんだって思ってないわけじゃなさそうだけど

いまいちはっきり
言ってくれないいん
だもんなあ…

なんだか
身体が
熱い…
あっ！

これお父さんの
チューハイじゃん！
えっ!?

は早く
これ飲んで！
ドッドコ
ドコ

なんだか…
さらに熱く…
ええ!?

おおーっと
飲み物が切れそうだ!
誰かに買ってきて
もらわないとなー!

大上さんと柳沼くん
お願い!
ついでに体
冷やしてきて!

フッ
また貸しを
作ってしまった
ねえ

今
柳沼くんに
飲ませたやつ
「焼酎」って…

大丈夫!?
フラ
フラ
うーん…
たぶん…
ヤバい…
弱った柳沼くん
ちょっと
かわいいぞ

このまま
どっかに
連れ込んで
なんて展開も
あり得るんじゃないか!?
ドン
ふら…
肉体が…
熱い…
来て…

ちょっと
ホテルで
淫行しようか!
いかんいかん
前科が
ついてしまう
インコー…

ホテル…
休憩…

休憩…

これ飲んで
水

ドボボボボ
飲めてない

ムードもへったくれもない…
邪心だらけだったからバチが当たったのかな

「つきあって4ヵ月進展なしと」

うーん…
大丈夫⁉

こんな時に背中さすってあげる事もできない

仕方ないよ
それを覚悟でつきあったんだもん
スッ
柳沼くんだってわかってるはず…

え
ちょ
柳沼く…

おっぱいを
触らせて
ください

おっぱいを！
触らせてください!!
ここまではっきり言えとは言ってない
酔ってる？
少し
めちゃくちゃ酔ってるよね!?

…すまない
軽蔑しただろうか
びっくりした…けど
これまで私が言ってきた事に比べたら…
ちんこ見せて
そうか

…ひとつだけ
聞かせてほしいんだけど

今までいろんな人に
本音喋らせちゃう事
あったでしょ？
なのに
なんで私にだけ
体質の事
話してくれたの？

君に
人として最も
恥ずかしいであろう
言葉を言わせて
しまったから

それに
様子から
僕と近いものを
感じた

あのままじゃ
君は
「ひどい言葉を
言ってしまった」と
自分を責めて
しまうだろうから

きっかけはそうだったけど
後悔はしていない

君と過ごす中で君にならば
自分をもっと知ってほしいし
君をもっと知りたいと思った

だから僕も
最も恥ずかしい言葉を言わせてもらった
こんな形でしか言えなかったが

本当の気持ちだ

なんだ
柳沼くんも
同じなんだ

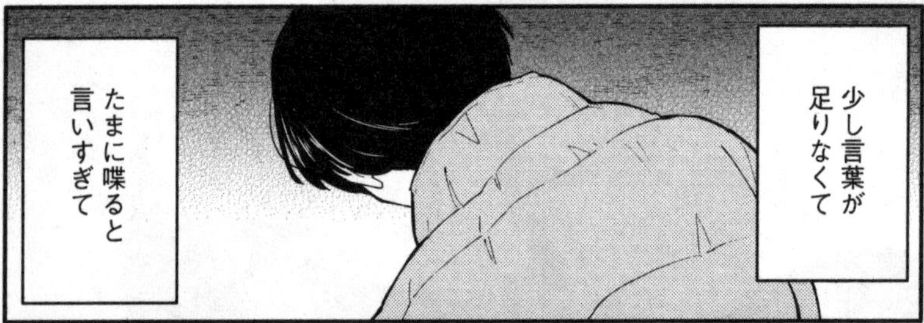
少し言葉が
足りなくて
たまに喋ると
言いすぎて

臆病で
不器用で
そんな私たち
だから

少しだけ
勇気を…

いいよ！

今
誰もいないし
ちょっと触る
だけなら…

ふ
服の上から！
服の上から
だからね！

…本当に？
どんと来い！

それでは
いただかせて
いただきます

ひょうっ⁉
ちょん

一瞬すぎて擬音しか出なかった…

…

柳沼くん⁉
すまない
まだ僕には早かったようだ…

今は
これでいい…

ぽすん

これ
胸よりレベル
高くない⁉

頭の重みが腿の肉に
ダイレクトアタック
ていうかお腹に
当たるんですけど
さては
これを狙っていたな
策士！ 策士め！
だまされた！

ちくしょう
好きだ――！

バッ
ゴッ
大丈夫!?

おめでとう
パチ
パチ
パチ
パチ
パチ
パチ
おめでとう
祝うな!!

後日二日酔い状態で
平謝りされました
本当に
すまなかった…
これ
よかったら…
和菓子
甘味 どらんや
寝てて!!

大上さん、だだ漏れです。 6巻へ続く!

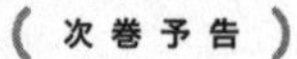

（次巻予告）

ちょっとした
すれ違いから
ケンカ
してしまった
大上さんと柳沼くん。

そこへ、
大上さんの
中学時代の親友・
モネ
が登場。

二人をよく思わないモネの画策もあり、
仲直りの方法がわからないまま、
二人の距離はますます離れてしまう……

自然消滅
回避できるのか……!!!

ごめん

本音が
わかっても相手を
理解できたとは
限らない。
大上&柳沼、
恋の正念場。

大上さん、だだ漏れです。6

oogamisan, dadamore desu.

月刊『アフタヌーン』（毎月25日発売）で大人気連載中！

2019年7月発売予定!!

『大上さん、だだ漏れです。』第5巻は「アフタヌーン」'18年9月号～'19年2月号に
掲載された作品を収録しました。
編集部では、この作品に対する皆様のご意見・ご感想をお待ちしております。
また「アフタヌーンKC」にまとめてほしい作品がありましたら、編集部までお知らせください。

〈あて先〉
〒112-8001　東京都文京区音羽2-12-21　講談
アフタヌーン編集部「アフタヌーンKC」係

なお、お送りいただいたお手紙・おハガキは、ご記入いただいた個人
著者にお渡しすることがありますので、あらかじめご了解のうえ、お

★この物語はフィクションです。実在の人物、団体名等とは関係あり

装丁／名和田耕平デザイン事務所

アフタヌーンKC

大上さん、だだ漏れです。5

2019年2月22日　第1刷発行（定価は外貼りシールに表示してあります。）

著　者　吉田丸 悠

発行者　森田浩章
発行所　株式会社 講談社
〒112-8001 東京都文京区音羽2-12-21
電話 編集 (03)5395-3463
販売 (03)5395-3608
業務 (03)5395-3603

印刷所　共同印刷株式会社
本文製版所　豊国印刷株式会社
製本所　株式会社フォーネット社

N.D.C.726　191p　19cm　Printed in Japan　ISBN978-4-06-514207-3